AF332803

ANTI-PARADOXES

OU

REFUTATION

DES PARADOXES LITTERAIRES

Au Sujet de la Tragedie d'Inés de Castro.

Le prix est de 12. sols.

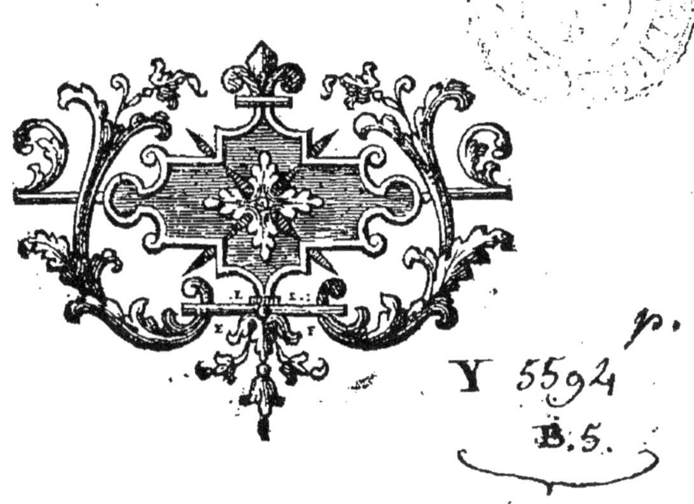

A PARIS,

Chez la Veuve MONGE', ruë Saint Jacques,
vis-à-vis le College du Plessis, à S. Ignace.

M DCC XXIII.

Avec Approbation & Privilege du Roy.

ANTIPARADOXES

O U

REFUTATION

DES PARADOXES LITTERAIRES

Au Sujet de la Tragedie d'Inés de Castro.

PUISQUE voila les *Paradoxes* devenus à la mode par la critique generale d'*Ines de Castro*, attribuée à M. L. D. F. j'ay envie de refuter sur le même ton cet adversaire de Mr de la Motte. Comme l'ouvrage du satyrique Autheur a été gouté & qu'il a sçu plaire & imposer au Public, toujours partisan des rieurs, il m'a semblé que tout ce que je dirois aujourd'huy pour le rabaisser, pourroit bien aussi avoir l'air de *Paradoxe*. J'en propose quatre à son exemple, où je ne prétens pas seulement dire des choses vraisemblables, comme luy ; mais où j'établis solidement des veſités. Car le vray, auſſi bien que le faux, eſt du reſſort du Paradoxe.

PREMIER PARADOXE.

L'Auteur des Paradoxes Litteraires *a péché contre les regles de la bienſéance & de l'équité*

Je demande d'abord s'il ſied à un Auteur d'écrire contre ſa penſée, & de donner au Public des réfléxions qu'il croit fauſſes ? Ne doit-on pas porter ſur luy le même jugement, qu'on a coûtume de former au ſujet de ces Avocats qui ſe chargent de toutes ſortes de Cauſes, & qui par cette conduitte condamnable ſe rendent tous les ans l'objet des *Mercuriales*. On peut quelque fois ſoûtenir le faux ; je l'avoüe, mais il faut le croire vrai ; autrement on pêche contre toutes les regles de la bienſéance & de l'équité.

Voici cependant un Ecrivain qui ne ſe contente pas de ſoûtenir le faux ; mais qui oſe déclarer qu'il juge faux tout ce qu'il va dire. *Les choſes que je vais dire ſont non-ſeulement trés-peu conformes à l'opinion du Public ; mais je les juge moy-même trés fauſſes.* Cette déclaration eſt ſans exemple, & doit naturellement prévenir le Lecteur contre l'Ouvrage , & encore plus contre l'Auteur. *Il y a du plaisir , dit-t'il , à masquer l'erreur & à imiter le vray.* Est-ce un plaisir raisonnable ? La maxime est bien Normande.

Aprés tout , on s'aperçoit bien que l'Auteur badine , & qu'il est trés persuadé de la verité de ses *Paradoxes.* On n'est point la dupe de son détour , sur tout quand on voit avec quel feu il attaque M. D. L. M. On sent que la guerre est serieuse , & qu'il se bat tout de bon. Quand on le fait par jeu , & pour rire , on mesure ses coups , on modére sa force , on retient son bras , on ne pousse point son adversaire à outrance. On blâmeroit fort un assaillant , qui dans la sale d'un Maître en Fait-d'armes , se plairoit à enfoncer les dents , & à créver l'œil de celuy contre qui il fait assault.

L'Auteur des Paradoxes parle bien contre sa conscience , quand il proteste , *qu'il seroit au desespoir d'avilir la Tragedie d'Ines de Castro ,* & quand il assure , *qu'il n'est point du tout satyrique.* Il n'omet rien pour luy enlever sa réputation si justement acquise , & pour décréditer le Poëte illustre qui en est le pere. Il pique de toute sa force ; il mord sans pitié , il poursuit jusqu'aux Partisans de M. D. L. M. auquel il voudroit ôter tous ses amis Litteraires. C'est une guerre de Turc-à-More. Il ose neanmoins dire qu'il

n'eſt point *Satyrique*. Quelle charité !
J'avoüe que ce petit air hypocrite eſt plai-
ſant, & que le tour eſt d'autant plus malin,
qu'il ſert à prévenir le Lecteur & à luy faire
croire, que la critique pourroit être moins
moderée.

Elle eſt cependant bien injuſte en pluſieurs
Articles. Elle commence par condamner ab-
ſolument la Princeſſe Conſtance comme *une
ſotte & une imbecille*. C'eſt ainſi que nôtre
Auteur traitte une Princeſſe vertueuſe digne
de nôtre admiration. Il faut ſelon luy, qu'u-
ne femme mépriſée par celuy qu'elle aime,
ſe gueriſſe ou ſe venge. Voilà une morale bien
corrompuë. Je ſçay qu'elle n'eſt que trop
ſuivie ; mais il faut avoüer que s'il y a peu
de *Conſtances*, c'eſt l'effet de la dépravation
du cœur humain, & qu'il eſt toûjours trés-
utile d'expoſer aux yeux des modeles parfaits, quoyque rares. C'eſt en vain que nôtre
Critique prête à M. D. L. M. un Syſtême
neuf, qui eſt de repreſenter les hommes *tels
qu'ils ne ſont point, & tels qu'ils ne doivent point
être*. On luy répond qu'il ſeroit à ſouhaiter
que toutes les femmes amoureuſes fuſſent
ſages & maîtreſſes de leur paſſion, comme
l'eſt Conſtance. Ce n'eſt point *une ſotte &
une imbecille*; puiſqu'elle ſent trés-bien l'affront
qu'elle reçoit ; c'eſt une grande ame & une
Heroïne, qui ſçait pardonner les injures. Eſt-

il poſſible que l'Auteur des *Paradoxes* ait ainſi décrié de toutes les vertus la plus aimable? *ſon amour eſt à la glace*, dit-il; C'eſt donc un grand défaut d'allier l'amour & la raiſon, & de brûler ſagement.

A l'égard des autres Articles du premier *Paradoxe*, je paſſe condamnation de bonne foy; mais je ſoûtiens que ce ſont des défauts trés-legers, & qu'il y a eu de l'injuſtice à les relever avec tant d'application. Pourquoy prendre plaiſir à faire apercevoir des taches preſque imperceptibles? Quand des fautes ſe dérobent aux yeux de tout le monde, c'eſt une grande malice d'aller les découvrir. C'eſt humilier le Public en quelque ſorte, & mortifier, ſans beſoin, une Muſe accréditée. J'aurois voulu d'ailleurs ſupprimer les termes de *bevûës*, de *mépriſes*, & d'autres mots pareils, qui ſont trop forts. J'avoüe que ces termes ſont bien moins piquans pour M. D. L. M. que toutes les plaiſanteries, que fourniſſent à l'Auteur des Paradoxes la Scene des Conſeillers Pleureurs, celle de l'Ambaſſadeur, qui *ſçait haranguer & ne ſçait point vivre*; la Loy imaginaire de Portugal contre les filles amoureuſes des Princes du Sang, l'indulgence tardive du bon & mauvais Roy Alphonſe, & le dénoüment ineſperé de la Piece. La Critique de ces endroits eſt pouſſée auſſi loin, qu'elle puiſſe aller.

& fi j'étois l'Auteur d'Ines , je ferois trés-bleffé de tant de railleries. Quand on a une certaine réputation dans le monde, on mérite des égards ; Les moqueries font d'autant plus fenfibles qu'on eft accoûtumé aux loüanges férieufes.

L'Auteur des *Paradoxes* a donc violé les regles de la bienféance , lorfqu'il a fi peu ménagé l'illuftre M. D. L. M. On a tant crié contre cet Auteur, de ce qu'il a critiqué Homere. N'eft il pas luy - même l'Homere de nos jours ? N'eft-ce pas luy qui donne aujourd'huy *le ton* ? Avons-nous un Poëte plus fécond ? Y a t'il un Academicien plus digne de ce nom ? N'eft-ce pas l'ornement du Siecle , & nôtre Satyrique peut-il fe défendre de convenir que M. D. L. M. a un efprit trés-extraordinaire , & de grands talens. De telles qualités méritent d'être refpectées , & un Auteur de ce rang ne doit point être en butte aux traits d'une Critique témeraire. Cet attentat peut être regardé comme une rebellion , comme un crime de Léze-Majefté Poëtique, puifque M. D. L. M. eft aujourd'huy fans contredit un des plus grands Princes de la Republique des Lettres.

SECOND PARADOXE.

L'Auteur des Paradoxes Litteraires *n'a pas fait voir assez d'indulgence dans le choix des Vers qu'il censure.*

Je ne dissimuleray point que la Tragedie d'*Ines de Castro* renferme plusieurs Vers défectueux. Mais je ne sçaurois accorder à l'Auteur des *Paradoxes*, que la plufpart des Vers de cette Piece font *durs, plats, prosaïques, pleins de solecismes, & de barbarismes.* Quelle exageration ? Il l'a sentie luy - même ; car pour se disculper, il dit au commencement de son second Paradoxe : *Qu'il luy a fallu charger fa These, & encherir tant soit peu sur l'opinion génerale, pour donner à sa proposition l'air hardy du Paradoxe.* Il ne suffisoit pas de donner à sa Proposition un *air hardy,* il falloit le soutenir cet air, & c'est ce qu'il n'a point fait, puisqu'il ne reproche pas en tout à M. D. L. M. plus de cinquante mauvais Vers. Est-ce là prouver que *plufpart des Vers de la Tragedie d'Ines de Castro font durs, plats, prosaïques, pleins de solecismes, & de barbarismes ?*

Je sçay qu'il fait sentir adroittement, qu'il y en a encore beaucoup d'autres mauvais, que ceux qu'il reprend. C'est pour cela qu'il fait ſemblant de ſe laſſer de *lire de ſuitte* la Piece , & d'en extraire par ordre les Vers défectueux. Il la quitte au troiſiéme Acte, pour *ouvrir* , dit-il , *le Livre au hazard* , & remarquer les mauvais Vers qui de tous côtés luy tombent ſous les yeux. Cet artifice eſt de la derniere malignité ; mais il eſt aiſé de juger, que nôtre Satirique a tout épluché, & qu'il n'a pas voulu laiſſer de quoy glaner aprés luy. S'il avoit découvert quelqu'autre Vers , digne de ſa critique, & de ſes jronies , il n'auroit pas manqué d'en groſſir ſon Recüeil. Il n'a donc point trouvé d'autres Vers à reprendre que ceux qu'il reprend en effet. Mais je luy demande ſi cinquante Vers au plus , ſont *la pluſpart des Vers de la Tragedie d'Ines de Caſtro.*

Ce n'eſt environ qu'un trentiéme ſur toute la Piece ; ainſi l'on peut regarder ce déchet comme la Tare des Marchandiſes. Il eſt vrai pourtant que nôtre Auteur par ces paroles,(*Il y a encore dans la Tragedie beaucoup d'autres mauvais vers que ceux que je reprens ,*) fait implicitement & en general la critique de tous les Vers défectueux qu'il ne cite point ; ſans cela pourroit-on l'excuſer de n'avoir rien dit des Vers ſuivans ?

> ' *C'eſt vôtre même Ayeul , dont je vante la Foy,*
> *Qui pour l'honneur du Trône en a dicté la Loy.*

Et jusque sur son sang, s'il se trouvoit coupable,
Me força d'en jurer l'exemple inviolable.

Jurer un exemple , & quel exemple ? un *exemple inviolable.*

Mais parmi les Vers qu'il censure, n'y en a t'il aucun qu'on puisse deffendre ? On trouve dans les Caffez des Esprits rares & sublimes, qui justifient par des raisons merveilleuses la pluspart des Vers que l'Auteur des Paradoxes a censurez , ce Vers disent-ils, est si beau.

Sa vie est tout , Seigneur , & la mienne n'est rien.

J'avouë qu'il faut un peu nazillonner sur la dixiéme sillable , ou plútost qu'il est comme impossible de la prononcer, mais c'est une bagatelle. *Terrasser l'insolence,* est une belle metonymie. Il n'y a qu'à apprivoiser son oreille à ces façons de parler. Pourquoy ne peut-on pas appeller les Lauriers des *Couronnes brillantes?* N'est ce pas une belle expression qu'*ordonner d'être heureux* ? La rime *d'abattre* & de *combattre* est-elle sans exemple ? Il est vrai qu'elle ressemble à celle de *revivre* & de *survivre* qui ne vaut rien du tout. Ne peut-on pas dire avec raison , que les Rois sont *les Depositaires de nôtre sang* , puisque c'est à eux à le conserver, à le proteger, à le ménager; nôtre sang nous embaraſſe, nous le mettons en *dépoſt*.

Je ſors, mais je crains bien de revenir coupable.

Ce Vers n'exprime-t'il pas noblement, & avec délicateſſe la colere polie & le dépit ingenieux d'un jeune Prince, que ſon Pere pouſſe à l'extrêmité ? Cet autre Vers :

De qui m'a reſiſté la mort m'a fait paſſage.

Ne forme t'il pas une image expreſſive ; L'inverſion eſt d'une dureté énergique & admirable.

Il y a encore quelques autres Vers qui pourroient mériter de l'indulgence ; mais il faudroit trop de raiſonnement pour les juſti-fier. Je craindrois d'ennuyer. Je m'arrête ſeu-lement à ces deux beaux Vers du cinquié-me Acte.

Que j'expire à vos pieds, & qu'unis l'un à
l'autre,
Mon ame ſe confonde encore avec la vôtre.

Nôtre Satirique eſt un homme ſcrupuleux. Ce mot *encore* le ſcandaliſe. Sa conſcience ti-morée ne le peut ſouffrir, parce que cela luy fait venir de mauvaiſes penſées. *Ce mot eſt li-cencieux*, dit-il, *& il rapelle les Vers de Petrone*

il veut parler apparemment de ces Vers En-
decasyllables.

Qualis Nox fuit illa dii deæque !
Quam mollis thorus ! &c. … *& transfudi-*
mus, &c.

En verité, l'Auteur des *Paradoxes* est un
Censeur bien rigoureux. Rien ne luy échape;
un petit mot qui semble indifferent, une petite particule cachée, & enfoncée modeste-
ment dans le milieu d'un Vers, il va la cher-
cher, la déterrer, & la produire au grand
jour, pour y faire appercevoir un sens im-
pur & licencieux. Cent personnes ont lû ces
deux Vers sans faire cette remarque; On va
dire désormais qu'il y a des ordures dans la
Tragedie d'*Ines de Castro*. Quel beau champ
pour les Devots ? Les Religieux & les Reli-
gieuses ne la voudront plus lire. Nôtre Satirique songe, comme on voit, à décrier
M. D. L. M. de tous les côtés. Il craint que
sa réputation si bien établie dans le monde
ne pénétre dans les Cloîtres. Il le veut faire
passer pour un Auteur obscéne.

Remarquez encore l'artifice de nôtre Auteur. Pour faire croire qu'il n'est pas un Censeur impitoyable, qu'il écrit sans passion, &
qu'il sçait rendre justice, il finit son second
Paradoxe, en avoüant que *le Lecteur trou-*

vera dans la *Tragedie d'Ines* de grandes beautés, & des *Scenes* parfaites, sur-tout la quatriéme du premier *Acte*, & la sixiéme, avec la seconde *Scene* du quatriéme *Acte*. Qui ne croira pas après cela, que c'est un Critique sans prévention, qu'il sçait loüer ce qui est digne de loüange ? Tout cela sert à prévenir en sa faveur, & à accabler le célebre M. D. L. M. auquel il accorde par grace trois belles Scenes. Sa liberalité est un peu étroite ; mais c'est encore beaucoup pour un Censeur aussi rigide, qui, je crois n'a jamais fait de grandes dépenses en Eloges.

TROISIE'ME PARADOXE.

L'Auteur des Pardoxes Litteraires *avance temerairement, que M. D. L. M. écrit mal en Profe.*

Si l'Auteur des *Paradoxes* s'étoit contenté de faire remarquer quelques sens louches, quelques termes précieux dans *l'avis*, & dans la *Préface*, qui sont à la tête de la Tragedie *d'Ines de Castro*, sa critique auroit été raisonnable, & quoiqu'elle n'eut peut-être pas eu alors un air de *Paradoxe*, elle eut eu en recompense un air de verité. Mais nôtre Satirique aime mieux attaquer le sentiment général ; car bravant toutes les regles de la pudeur & de l'équité , il ofe avancer que *c'est par un prejugé trés-mal fondé, qu'on croit dans le monde que M. D. L. M. écrit bien en Profe.* Il a , dit-il , toûjours *penfé le contraire* ; c'eft-à-dire , qu'il n'a point été ébloüi du titre d'*Academicien François*, que M. D. L. M. foûtient depuis plufieurs années avec tant de gloire , & qu'il a mérité non-feulement par le fameux Recüeil de fes Odes, (qui n'ont d'autre tache, que d'avoir remporté le prix des jeux Floraux ;) mais encore par des Pieces trés-éloquentes , couronnées avec éclat ; c'eft-à-dire , qu'il s'eft mis peu en peine des fuffrages de cent beaux efprits de nôtre fiecles , & fur tout de mille petits Auteurs naiffans qui le confiderent comme un modele ; c'eft-à-dire encore qu'il a regardé le Tribunal de l'If comme aveugle & partial.

L'Auteur des *Paradoxes* , dit avec raifon , qu'on peut bien écrire fans avoir le ftile de certains Auteurs eftimés , & qu'il y a differens ftiles qui font tous excellens. En effet il en eft des Auteurs , comme de plufieurs femmes , qui toutes fans fe reffembler peuvent être belles ou jolies ; celle-cy a les traits reguliers , celle-là ne les a point ; mais elle a un air piquant , qui vaut mieux ; l'une eft d'une taille majeftueufe & d'une phifionomie noble & aimable, l'autre eft petite & a une vivacité naturelle , &c. On ne finiroit point ſi on vouloit décrire les differens genres de beauté & d'agrément qui conviennent aux femmes ; On ne finiroit point auſſi, ſi on entreprenoit de caraĉteriſer le different merite des bons Ecrivains.

Nôtre Auteur ajoûte, que pour bien écrire, il y a néanmoins des regles invariables, *il faut*, dit - il, *de la clarté*, *& de la ſimplicité*, *de la pureté & de l'élegunce*. Il a oublié *la juſteſſe* & *la préciſion*. Apparemment qu'il les comprend dans *la clarté* ; quoyqu'il y ait bien de la difference. Il accorde *l'élegance* à M. D. L. M. c'eſt déja quelque choſe. Mais il luy refuſe les autres qualités. A l'égard de *la juſteſſe* & de *la préciſion*, il n'en fait point mention exprés, parce qu'il n'auroit pû ſe diſpenſer de convenir que c'eſt le fort de M. D. L. M. Admirez en cela la ſoupleſſe du Critique. Il n'a point *la clarté*, dit-il, parce que ſon ſtile eſt *épigrammatique*. La conſequence eſt - elle juſte ? S'il eut dit que ſon ſtile eſt énigmatique, il auroit mieux conclu. Un ſtile épigrammatique n'eſt point un ſtile *obſcur*. C'eſt une façon d'écrire où regne la préciſion, & où le ſel & le poivre piquent ſans ceſſe, c'eſt un ſtile qui donne aux Lecteurs éclairez le plaiſir penible de l'intelligence. Il ajoûte, que M. D. L. M. & ceux qui l'imitent *courent aprés les penſées & les antitheſes, que leur ſtile eſt toûjours figuré, que tous les ſub-*

ſtantiſs

ſtantifs y ſont perſoniſiez , (ce qui ſent la *Poëſie*) qu'ils ſe ſervent d'un langage ſingulier... *Parconſequent point de ſimplicité.* C'eſt donc un grand défaut que de penſer ſingulierement ; mais peut-on reprocher les antitheſes à M. D. L. M ? Les pures antitheſes de mots ſont mépriſables ; il eſt vrai ; mais les antitheſes de penſées diſtinguent les bons Ecrivains ; c'eſt ce qu'on appelle la ſymmetrie du diſcours, & c'eſt ce que M. D. L. M. & tous les Partiſans du *ſtile Moderne* affectent le plus qu'ils peuvent. *Leur ſtile eſt figuré* , Je l'avoüe ; c'eſt par-là qu'une belle imagination ſe peint. L'art d'écrire peut ſe paſſer auſſi difficilement de figures, que la Peinture de couleurs. *Tous les Subſtantifs y ſont perſoniſiez.* Si cela étoit vray , j'avoüirois que *leur ſtile ſent la Poëſie* ; mais celui de M. D. L. M. eſt éloigné de cette affectation. Il ne *perſoniſie les Subſtantifs*, que de temps en temps , & à propos ; autrement ce ſeroit un Auteur guindé , enflé , ampoulé , ce qu'on ne ſçautoit luy reprocher. Enfin on impoſe à M. D. L. M. & à ſes adherans *d'inventer des termes , de faire des conſtructions bizarres & inoüies, & de ſe mettre peu en peine du reſpect dû à la langue.* Quelle invective ! Si elle étoit bien fondée on avoüiroit que M. D. L. M. écrit trés-mal ; mais il s'en faut un peu qu'il ſoit coupable de ces excez.

B

L'Auteur des *Paradoxes* par une erreur qu'on ne peut pardonner qu'à luy seul, s'est representé icy M. L. H. à la place de M. D. L. M. parce qu'il y a en effet quelque ressemblance dans le style de ces deux rares Ecrivains. Nôtre Auteur, par un certain trait qui luy échappe en cet endroit, se decele sans y penser, & fait voir assez, que M. L. H. ne luy doit pas avoir beaucoup d'obligation. Quoyqu'il en soit, il reproche injustement à M. D. L. M. *d'inventer des termes nouveaux.* L'accusation est absolument sans preuve, si l'on excepte quelque terme d'art, comme le mot de *Fabuliste* & autres pareils. A l'égard *des constructions barbares*, Je ne les ay point remarquées. Mais il arrive icy, ce qui arrive à toutes les sectes ; on confond le Maître avec les Disciples.

L'Auteur des Paradoxes vient ensuite au détail, & se met à examiner la Prose, qui accompagne la Tragedie d'*Inès*. *L'Avis* qui est à la tête, est, dit-il, un Enigme. Je m'étonne qu'il n'ait pas dit, comme une certaine femme d'esprit, que c'étoit l'Enigme du mois d'Août, & que sa place étoit dans le *Mercure*. J'avoüe que cet *avis* est un peu envelopé. Mais il ne s'agit pas ici d'un *avis* pour la Lotterie, d'une Affiche pour la vente d'une Terre, ou pour une Enchere. Il est question d'un avis important, & de faire sçavoir au Public que feu M. le Cardinal Du Bois, premier Miniſtre du Royaume, étoit le bon ami de M. D. L. M. & que c'eſt pour cela que la Tragedie d'*Inès de Caſtro* luy avoit été dediée ; que la mort de ſon Eminence a dérangé le projet, parce qu'il eſt contre la bienſéance de dédier à un Mort. En effet les Morts ont plus beſoin de Prieres, que de Dédicaces. Voilà tout ce que ſignifie l'*Avis* dont il eſt queſtion. Il eut été fort plat d'énoncer cela clairement, il a fallu le voiler un peu. Voulez-vous qu'un Auteur qui publie un *Avis*, parle comme un autre homme ? Encore faut-il ſe diſtinguer un peu du Vulgaire.

Nôtre Auteur ſe livre à des réflexions de Puriſte au ſujet de la Préface. Il ne veut pas qu'on puiſſe *jetter de l'obſcurité & de la baſſeſſe ſur une Phraſe*, ny qu'on puiſſe appeller la ſenſibilité d'un Poëte, une *délicateſſe Poëtique*. Si on examinoit le ſtile des *Paradoxes Litteraires* avec la même rigueur, il ſeroit bien difficile de n'y trouver pas de pareilles fautes. Il y a plus de malignité que d'équité dans ſes autres remarques. Car à quoy bon ramener icy le *Pleonaſme décidé ?* Faut-il reprocher éternellement à M. D. L. M. le goût de ſes Fables ? Pourquoy ne les pas laiſſer en paix chez le Libraire, où elles repoſent, en attendant nôtre converfion. Car un jour viendra fans doute , que ces *Fables* feront au moins mifes à côté de celles de *La Fontaine*. Mais il faut pour cela attendre patiemment ; & fi cela arrive, comme je n'en doute point, pourquoy *Romulus*, les *Macabées*, & *Inès* cederont-ils le pas à *Pompée*, à *Cinna* & à *Andromaque* ?

Pradon , dit nôtre Satirique , faifoit autrefois fes Tragedies *telles qu'il étoit capable de les faire ; qui doute*, ajoûte-t'il , *que M. D. L. M. ne faffe de même* ? C'eft ainfi qu'il releve ces paroles innocentes de la Préface ? *Voilà donc ma Tragedie, telle que je l'ai faite, & telle que je fuis capable de la faire.* Il y a cependant bien de la difference entre la *capacité* de M. D. L. M. & la *capacité* de Pradon ; l'un a prefque toûjours été fifflé, & quand il mourut , un de mes amis luy fit cette Epitaphe qui n'a jamais été publiée.

> *Cy gît le Poëte Pradon ,*
> *Qui plus de quarante ans, d'une ardeur fans*
>   *pareille ,*
> *Fit , à la barbe d'Appollon ,*
> *Le même metier que Corneille.*

Et en Latin.

> *Hic jacet infelix Prado , qui Luftra per octo*
> *Corneli , Phæbo parcente , exercuit artem.*

Certainement on ne peut pas dire de même, que M. D. L.M. faffe, *à la barbe d'A-
pollon*, le métier de Corneille. Il honore autant nôtre Théatre que l'autre l'a deshonoré.
En un mot on peut dire de luy, que c'eft un
troifiéme Corneille.

Heureufement pour M. D. L. M. la Profe
que nôtre Satirique avoit à cenfurer eft fort
courte ; mais il veut *qu'on juge par cet effai
de ce qui arriveroit, fi le champ étoit ouvert.*
L'Auteur des *Paradoxes Litteraires*, qui au
commencement de fon Ouvrage a paru Nor-
mand, paroit icy un peu Gafcon : en tout cas
on luy propofe le défi ; on pourra fur toutes
chofes juftifier M. D. L. M. auffi aifement,
qu'on le fait icy fur la Tragedie d'*Inés.*

QUATRIE'ME PARADOXE.

*M. D. L. M. n'a point fait paroître de
vanité dans l'Avis & dans la Préface
qui font à la tête de la Tragedie d'Inés
de Caftro, & il y a traitté fes Ad-
verfaires avec beaucoup de menage-
ment.*

Je contredis icy formellement le quatriè-
me *Paradoxe* de nôtre Satirique. Je ne m'a-
réterai point à prouver que M. D. L. M. a

pû , fans bleffer la modeftie , apprendre au Public que M. le Cardinal Du Bois l'honoroit de fon amitié ; ç'a été plûtôt faire l'Eloge de ce Miniftre que le fien. Defpreaux dans une de fes Préfaces parle des bontés que M. de Lamoignon avoit pour luy. N'eft-ce pas à peu prés la même chofe ? S'il y avoit encore aujourd'huy quelque Cardinal qui protegea les Lettres , comme feu M. le Cardinal Du Bois , il me femble qu'il feroit à propos de le publier pour l'honneur du Sacré Collége , & pour la gloire des Sciences.

Un homme n'eft guere vain , quand il en fait naïvement l'aveu. On ne peut donc pas reprocher ce défaut à M. D. L. M. parce qu'il avoüe qu'il a un peu de cette *vanité* qui eft naturelle à tous les hommes. *Une petite vanité le preffe* , dit - il , *mais il la remet à une autrefois.* Remarqués qu'il réprime genereufement cette *petite vanité* dont il convient. Au moins *il la remet à une autrefois* ; que cette ingenuité eft aimable & vertueufe ! Le Lecteur peut bien compter qu'il la *remettra* toûjours cette petite vanité , & qu'il ne la fera jamais paroître , malgré la *tentation qui l'en preffe.*

On luy fait un crime d'avoir comparé la Comedie d'*Agnés de Chaillot* au Virgile Burlefque de Scaron. Il égale , dit on fa Tragedie à l'*Eneide.* Quand il l'auroit fait luy , qui n'eſt pas perſuadé qu'un Copiſte d'Homere puiſſe avoir un grand merite, en quoy, je vous prie, auroit-il fait paroître de la *vanité* ? C'eſt être vain que de ſe préférer ou de s'égaler à des Auteurs, qu'on regarde comme parfaits. Si M D. L. M. conſidere Ronſard comme un Poëte médiocre, il peut fort bien ſe croire ſon égal. De même auſſi on peut dire que, ſi M. D. L. M. qui n'eſt point Partiſan des Anciens, s'égale à Virgile qu'il eſtime peu, il le fait ſans en tirer aucunevanité.

L'Auteur des *Paradoxes* fait ſemblant de ménager M. D. L. M. en rejettant ſur ſes amis le principe de la *vanité* qu'il luy impute. Selon luy, ils l'*etourdiſſent* ſans ceſſe de leurs éloges, ils l'*étouffent*, ils l'*enyvrent* par la vapeur de leur encens groſſier ; ils luy rendent une eſpece de culte idolatrique ; peu s'en faut que nôtre Satyrique ne le compare *au Bouc du Sabat*. Plût à Dieu que l'Auteur Critique fut d'humeur de ſe rabaiſſer quelque fois à *ces Reduits Litteraires* dont il ſe moque ! il verroit, qu'on y eſt plus équitable, qu'il ne penſe, & qu'on n'y donne à l'Auteur d'*Inés* que les loüanges qu'il merite. Il verroit qu'on ne s'y occupe qu'à ſécoüer le joug des Préjugez, que les grands noms n'y impoſent point, & qu'on y fait le Procez à

Racine & à la Fontaine, comme à Ronſard ou à Homere.

A l'égard de l'aigreur, qu'on reproche à M. D. L. M. d'avoir témoignée contre ſes Adverſaires, il m'eſt aiſé de le juſtifier. Il pouvoit ſans doute foudroyer les Cenſeurs de ſa Tragedie & les réduire en poudre, il pouvoit faire voir clairement que la Critique précoce du *Spectateur François*, eſt une vaine déclamation, ſans ménagement, ſans juſteſſe, ſans ſolidité. Il pouvoit montrer que l'Auteur eſt un Spectateur plus *Suiſſe* que *François*, qui a blaſphemé ce qu'il ignoroit. Cependant M. D. L. M. s'eſt abſtenu de tous ces reproches; il s'eſt contenté de dire modérement : que le Spectateur étoit prévenu (car c'eſt ce que veut dire le terme de *Paſſionné*.) Il eſt vray qu'il luy impute de *la mauvaiſe foy. Je perſiſte, dit - il, dans la reſolution d'en uſer toûjours de même avec des Cenſeurs paſſionnés & de mauvaiſe foy.* Mais par là il entend ſeulement que le Spectateur s'eſt plûtôt attaché aux défauts, qu'aux beaux endroits de ſa Tragedie. M. D. L. M. ajoûte, que *pour ramener les hommes à l'amour de la raiſon & de la vertu ; il faudroit mépriſer juſqu'aux talens, qui oſent en violer les regles.* Y eut-il jamais une plus belle maxime ? Cependant l'Auteur des *Paradoxes* la releve ainſi avec malignité :

c'eſt-à-dire que les Cenſeurs de *M, D. L. M.* ſont inſenſez *&* malhonnêtes gens. Ce n'eſt pas neanmoins ce que prétend l'Auteur d'*Inés* qui eſt un homme poli, & débonnaire. C'eſt plûtôt une Sentence, un Apophtégme, une maxime génerale qui s'eſt trouvée malheureuſement au bout de ſa plume, en achevant d'expliquer briévement ſa penſée ſur *les Sentimens du SpeEtateur François.*

M. D. L. M. eſt ſi éloigné de croire que ces Epithetes conviennent à ſes Cenſeurs, qu'il avoüe luy-même dans ſa Préface que *des Gens d'eſprit luy ont fait des ObjeEtions qui l'ont ébranſlé.* Ces Gens d'eſprit qui faiſoient des Objections ſur ſa Tragedie, n'étoient-ce pas des Cenſeurs ? Cependant il les appelle *Gens d'eſprit*; vous voyez donc, que ſelon M. D. L. M. même *des Gens d'eſprit* critiquent ſa Piéce. Pourroit-il en effet penſer autremenc ſans en être entierement dépourvû ? Il eſt facheux que ſix ou ſept lignes de ſa Préface ayent ainſi révolté le Public, qui n'abonde bas en benignes interpretes.

Nôtre Cenſeur paſſionné pour les Ecrits Critiques & Polemiques, impute à M. D. L. M. de haïr ce genre d'écrire. *Il hait*, dit-il, *la critique à l'excés, à peu près comme les Marchands haïſſent un trop grand jour contraire au débit de leurs Etoffes.* C'eſt ainſi qu'il loge l'Auteur d'*Inés* dans un Magazin de la Hale,

& qu'il en fait un indigne Fripier , plûtôt qu'un honnête Marchand. Non, M. D. L. M. ne hait point la critique à l'excés , mais il eſt perſuadé qu'il eſt bien fâcheux d'avoir fait les frais d'un long Ouvrage , de l'avoir compoſé avec ſoin , d'avoir été d'abord ap‑plaudi , & de ſe voir aprés-cela en butte aux moqueries d'une Critique malicieuſe. Il ne trouveroit point mauvais qu'on fît quelques Remontrances modeſtes , quelques Obje‑ctions reſpectueuſes , quelques Remarques honorables ſur ſa Piéce ; Mais un Cenſeur eſt bien embaraſſé , & il aime mieux quel‑que fois courrir le riſque de mortifier l'Au‑teur qu'il attaque , que de s'expoſer par ſes ménagemens , à n'eſtre lû de perſonne.

La ſeconde Edition *d'Inés de Caſtro* paroit. L'Auteur n'a rien rien changé dans ſa Tra‑gedie, & il a bien fait. Il n'ignore pas qu'elle eſt pleine de fautes groſſieres , & que plu‑ſieurs Vers ſont proſaïques , plats , durs , & barbares; mais, comme le Public les a reçûs ſur ce pied là , & qu'il a conſenti qu'ils fuſſent tels, *le reſpect* que M. D. L. M. *a pour le Public* , dont il ſe croit admiré avec raiſon, ne luy a pas permis d'oſer reformer ſa Piece, qui d'ailleurs n'eſt que trop bonne pour notre Siécle.

F I N.

APPROBATION.

J'Ay lû par l'ordre de Monseigneur le Garde des Sceaux, un Manuscrit qui a pour Titre *les Anti-Paradoxes, ou Réfutation des Paradoxes Litteraires*, & j'ay crû que l'Impression en pouvoit être permise. Fait à Paris, ce 18. Septembre 1723. Signé, DANCHET.

PRIVILEGE.

LOUIS par la grace de Dieu, Roy de France & de Navarre : A nos amez & feaux Conseillers les Gens tenans nos Cours de Parlement, Maistre des Requêtes ordinaires de nostre Hôtel, grand Conseil, Prevot de Paris, Baillifs, Senechaux, leurs Lieutenans Civils & autres nos Justiciers qu'il appartiendra, SALUT. Notre bien-amée la VEUVE MONGE' Libraire à Paris, Nous ayant fait supplier de luy accorder nos Lettres de permission pour l'impression d'un Livre intitulé *Les Antiparadoxes au sujet de la Tragedie d'Inés de Castro* qu'elle souhaiteroit faire imprimer & donner au Public : Nous avons permis & permettons par ces Presentes

à ladite Veuve Mongé de faire imprimer
ledit Livre en tels Volumes, forme, marge,
caractere conjointement ou feparement, &
autant de fois que bon luy femblera, & de
le vendre, faire vendre & débiter par tout
notre Royaume pendant le temps de trois
années confecutives, à compter du jour de
la datte defdites Prefentes. Faifons deffenfes
à tous Libraires, Imprimeurs & autres per-
fonnes de quelque qualité & condition quelles
foient d'en introduire d'impreffion Etrangere
dans aucun lieu de notre obéïffance : A la
charge que ces Prefentes feront enregiftrées
tout au long fur le Regiftre de la Communauté des Libraires & Imprimeurs de Paris,
& ce dans trois mois de la datte d'icelles ; que
l'impreffion de ce Livre fera faite dans notre
Royaume & non ailleurs en bon Papier &
beaux Caracteres conformément aux Reglemens de la Librairie ; & qu'avant que de l'ex-
pofer en Vente le Manufcrit ou Imprimé qui
aura fervy de copie à l'impreffion dudit Livre
fera remis dans le même état ou l'approbation
y aura efté donnée és mains de noftre trés
cher & feal Chevalier Garde des Sceaux de
France le Sieur Fleuriau d'Armenonville,
& qu'il en fera enfuite remis deux Exemplai-
res dans notre Biblioteque publique ou dans
celle de notre Château du Louvre , & un
dans celle de notredit trés cher & feal Cheva-

lier Garde des Sceaux de France le Sieur Fleuriau d'Armenonville , le tout à peine de
nullité des Presentes : Du contenu desquelles
vous mandons & enjoignons de faire joüir
l'Exposante ou ses ayans cause pleinement &
paisiblement , sans souffrir qu'il leur soit fait
aucun trouble ou empêchement ; Voulons
qu'à la copie desdites Presentes qui sera im-
primée tout au long au commencement ou
à la fin dudit Livre , foy soit ajoûtée comme
à l'original : Commandons au premier notre
Huissier ou Sergent de faire pour l'execution
d'icelles tous Actes requis & necessaires sans
demander nostre permission , & nonobstant
clameur de Haro, Charte Normande & Lettres à ce contraires : Car tel est nostre plaisir.
DONNE' à Paris le vingt-roisiéme jour du
mois de Septembre , l'an de grace mil sept
cens vingt-trois , Et de notre Regne le neu-
viéme. Par le Roy en son Conseil.
DE SAINT HILAIRE.

*Regiſtré ſur le Regiſtre V. de la Communauté
des Libraires & Imprimeurs de Paris , page 339
nº 652. conformément aux Reglemens & nota-
ment à l'Arreſt du Conſeil du 13. Aouſt 1703.
A Paris , le 28. Septembre 1723.*
BALLARD , Sindic.